# ESSAIS

SUR

# LA LITTÉRATURE

## Morale et Politique

## DU XVIIe SIÈCLE

PAR

## M. J. DENIS

DOYEN DE LA FACULTÉ DES LETTRES DE CAEN
MEMBRE TITULAIRE DE L'ACADÉMIE DES SCIENCES, ARTS ET BELLES-LETTRES
CORRESPONDANT DE L'INSTITUT

CAEN

HENRI DELESQUES, IMPRIMEUR-LIBRAIRE
RUE FROIDE, 2 ET 4

1891

# ESSAIS

SUR

# LA LITTÉRATURE

## Morale et Politique

## DU XVII<sup>e</sup> SIÈCLE

PAR

## M. J. DENIS

DOYEN DE LA FACULTÉ DES LETTRES DE CAEN

MEMBRE TITULAIRE DE L'ACADÉMIE DES SCIENCES, ARTS ET BELLES-LETTRES

CORRESPONDANT DE L'INSTITUT

## CAEN

HENRI DELESQUES, IMPRIMEUR-LIBRAIRE

RUE FROIDE, 2 ET 4

1891

*Extrait des Mémoires de l'Académie nationale des Sciences,
Arts et Belles-Lettres de Caen.*

# ESSAIS

SUR LA

# LITTÉRATURE MORALE ET POLITIQUE

## DU XVIIe SIÈCLE

## INTRODUCTION

Il est plus facile d'exalter ou de rabaisser le XVIIe
siècle que de le définir. Quel est son vrai nom, quelle
est sa place dans l'histoire morale de notre pays et
de l'humanité ? Le XVIe s'appelle Renaissance et
Réforme, le XVIIIe Philosophie et Révolution ; on n'a
pas encore dit comment doit s'appeler celui qui les
sépare. Les uns continuent à l'appeler le Grand Siècle ;
je ne dis pas qu'ils aient tort, mais je cherche une
définition et non une apothéose. Les autres, revenus
de l'admiration traditionnelle et passant à une extré-
mité opposée, en voyant ce siècle jeté entre les hardis
penseurs de la Renaissance et ceux qui préparèrent

moralement la Révolution, sont très portés à le considérer comme une époque d'arrêt et même de recul
plutôt que de progrès. Pour ne rien préjuger, disons
simplement que ce fut le triomphe et le règne de
l'autorité, au moins lorsqu'on n'envisage que la France :
autorité en religion, autorité en politique, autorité
même dans ce qu'on appelait alors la république des
lettres. La suite développera quel sens il faut donner
ici à ce mot dont on abuse tant aujourd'hui. Mais j'ai
peur qu'il ne le faille traduire non seulement par
règle et discipline, mais encore par despotisme, intolérance, violation ou méconnaissance du droit. Dans
l'ordre des choses morales, le seul que je considé-
rerai dans ces esquisses, le XVIIe siècle me paraît un
siècle *théologico-despotique :* c'est là, je crois, son
caractère, c'est là sa définition.

Mais il n'est point cela tout d'abord ; il ne l'est
point jusqu'au bout. Dans les soixante premières années, l'esprit français s'achemine péniblement, avec
des oscillations et des tiraillements de toute sorte,
vers ce terme fatal ; il y arrive entre 1660 et 1685,
durant la brillante et triomphante période du règne
personnel de Louis XIV ; puis il tend sourdement,
mais avec une singulière incertitude, à s'en écarter
depuis la révocation de l'Édit de Nantes, qui marque
le point culminant de l'autorité politique et religieuse,
jusqu'à la bulle *Unigenitus* qui marque le point où
elle se précipite par ses excès et par ses petitesses.
Au fond, le XVIIe siècle, tel que l'entendent ses prô-
neurs à outrance, ne dure pas trente années. Avant
le règne personnel de Louis XIV, il n'est pas encore,

il aspire à être, et l'on peut dire qu'il commence à
n'être plus, quand il paraît arrivé à sa pleine maturité
par l'alliance adultère du pouvoir civil et du pouvoir
ecclésiastique, de sorte que cette magnifique unité
d'esprit, de foi, de discipline et d'obéissance, que l'on
présente souvent comme la merveille de notre histoire, comme la production légitime des siècles et le
plus bel ouvrage de l'esprit humain, n'eut réellement
pas la force de vivre la vie d'un homme. Je ne connais
pas de plus grand mensonge ou de plus forte illusion
que ces simplifications historiques, par lesquelles,
négligeant toutes les différences et les contrariétés, on
arrive à façonner je ne sais quel idéal trompeur que
l'on donne pour la mesure de l'esprit humain et devant
lequel on veut que les générations se prosternent
*aux siècles des siècles.* Descartes, Retz, Pascal sont-
ils animés du même esprit que Bossuet? Bayle et
Saint-Simon s'accordent-ils bien avec l'orateur et le
théoricien de l'autorité absolue en toute matière?
L'un et l'autre s'entendent-ils bien entre eux et avec
Fénelon? Tout cela se tient sans doute, mais comme
le XVII° siècle tient lui-même à celui qui le précède
et à celui qui le suit.

Il faut admettre au moins trois périodes bien dis-
tinctes dans cet espace de cent années : 1° le XVII°
siècle avant le règne personnel de Louis XIV ; 2° le
règne personnel de Louis XIV avant la révocation de
l'Édit de Nantes ; 3° le règne personnel de Louis XIV
après la révocation.

La première période est l'époque de l'incubation du
grand esprit français, en même temps que la prépara-

tion ou plutôt l'achèvement de la puissance absolue de
nos rois. Elle conserve quelque chose de la liberté et
même du *libertinage* de l'âge précédent. Les disciples
de Montaigne et de Charron y abondent. L'histoire
n'est pas encore un mensonge officiel et ne manque ni
d'indépendance, ni de fierté sous la plume de Mézerai.
La philosophie, très timide si l'on ne considère que les
questions dans lesquelles elle se renferme scrupuleuse-
ment, montre dans Descartes une fermeté rationnelle
et une maturité qu'elle n'avait jamais eue et que depuis elle n'a point dépassée. La religion fait elle-même
un puissant effort pour échapper à la routine et à la
convention, sans sortir de l'orthodoxie. Quel singulier
catholique que Pascal ! Moins ardent et moins violent
que dans Calvin, dans de Bèze et d'Aubigné le calvinisme a plus de science et de solidité. En tout, cette
période de notre histoire littéraire et morale est une
continuation féconde du XVIe siècle, autant qu'une
réaction contre ses excès. Mais toute liberté politique
périt. Richelieu, en brisant les résistances illégitimes,
brise aussi le peu de barrières qui arrêtaient encore le
flot toujours montant du despotisme. Vainqueur de
cette Fronde, qui avait tant de raisons d'être une révolution et qui ne fut qu'une misérable mutinerie sans
objet, Mazarin achève l'œuvre de son impérieux devancier en corrompant ce qui restait de générosité au
caractère national. Ce progrès du despotisme, de la
corruption et de la servilité était une menace pour
l'intégrité et l'indépendance de la pensée.

Aussi, la seconde partie du XVIIe siècle, si pure et si
magnifique au point de vue du langage et de l'art, n'a

point tenu dans l'ordre moral et philosophique tout ce que promettait la première. On croirait pourtant, à voir la grande explosion littéraire de 1660 à 1685, que la pensée a beaucoup gagné. Cela est profondément vrai en un sens. Quoiqu'on puisse regretter de la voir s'assujétir à une discipline trop étroite, il est bon que, de temps à autre, elle se recueille pour exprimer dans un beau et sincère langage le fonds d'idées qu'elle a héritées du passé et qui sont un moment maîtresses presque incontestées des esprits. C'est là ce qui fait la beauté et la grandeur littéraires de cette époque, mais aussi ce qui en fait la médiocrité philosophique. A part l'auteur des *Maximes* et celui du *Tartufe*, pour ne point parler de Saint-Évremont qui, par son esprit, appartient à l'époque précédente, et qui d'ailleurs n'a qu'une médiocre portée, quel est l'auteur célèbre d'alors qui puisse vraiment dire :

*Nullius addictus jurare in verba magistri?*

La forme est admirable et souvent pleine d'audace sous sa constante et trop pompeuse régularité; en est-il beaucoup de plus méthodiques et de plus hardies à la fois que celle de Bossuet? Mais où est l'indépendance originale de Descartes et de Pascal? Bossuet n'est point le dernier des Pères de l'Église, malgré le mot si souvent cité de La Bruyère, parce qu'il n'a point d'invention ; il est l'homme du Concile de Trente et de la majesté royale. Sa vaste littérature ecclésiastique, comme son imagination, est toute au service de ces deux causes. Il ne connaît, ne veut connaître des Pères que ce qui sépare les catholiques des protestants, et que ce qui captive la raison sous le joug de l'autorité. Il fausse l'esprit de la Bible en n'y prenant que ce qui peut lui convenir pour la tranformer, bon gré mal gré, en école de politique, et pour y trouver la consécration des puissances, surtout de la royauté absolue. Il n'imagine la philosophie de l'histoire que pour la corrompre à sa naissance, en subordonnant toute la vie de l'humanité aux destinées de l'Église, conformément aux préjugés étroits du moyen âge.

On parle de sa philosophie, parce qu'il a écrit le traité de *la connaissance de Dieu et de soi-même*. Mais sa philosophie est fort simple ; ee n'est pas la foi cherchant l'intelligence, selon le beau mot de saint Anselme, *fides quærens intellectum*, c'est la raison aboutissant nécessairement à la foi, autrement dit la philosophie servante de la théologie. Cette époque est celle de cette énorme hypocrisie, qui n'était sans doute alors qu'une naïveté sentimentale : la conciliation de la foi et de la raison. Il faut voir avec quelle ingénuité Malebranche est hétérodoxe en religion et en philosophie, sous prétexte de les accommoder l'une avec l'autre. De fait, le mouvement cartésien, du moins en France, s'éteint dans la théologie, et c'est un mensonge de parler de la philosophie du XVIIᵉ siècle, moins Descartes. La nature ou la chair disparaît devant l'esprit, et l'esprit devant la *grâce*. Les douteurs, si nombreux encore au commencement du grand règne, s'évanouissent comme par enchantement. Les parlements ne trouvent plus de voix que pour quelque violation de l'Édit de

Nantes, parce que cela ne déplaisait ni au clergé ni au roi dont ils ne sont plus que les très humbles serviteurs. Sauf la chaire, qui n'a d'ailleurs que des flatteries et des adorations pour Louis le Dieu-Donné, la liberté est partout anéantie, et ne trouve pas même de refuge dans l'histoire, pour peu que celle-ci touche à la religion ou à nos antiquités nationales. La conclusion de cette tyrannie théologique et royale fut la suppression à la fois hypocrite et violente de la seule grande conquête du XVIᵉ siècle, de cet édit par lequel la France n'avait eu l'honneur « de devancer, comme le dit Augustin Thierry, les autres peuples chrétiens dans les voies de la société nouvelle, qui sépare l'Église de l'État, le devoir social des choses de la conscience, et le croyant du citoyen. » La France, avec tout l'éclat de ses arts et de sa littérature, se trouva ainsi rejetée moralement en arrière de la Hollande, en qui la fureur dogmatique s'était calmée ; en arrière de l'Angleterre, qui allait avoir ses libres penseurs de l'époque de la reine Anne ; en arrière même de l'Allemagne, à qui nous avions imposé, par le traité de Westphalie, la tolérance et la paix entre les cultes. C'était payer un peu cher les plus beaux sermons et les plus magnifiques oraisons funèbres qui soient au monde.

La troisième période que j'ai signalée est une réaction, sourde au dedans, éclatante au dehors contre ce funeste despotisme théologique. La pensée ne pouvait s'enfermer sans périr dans une tradition ; et le coup, qui semblait assurer à jamais sa servitude, fut ce qui ranima sa liberté expirante. En réponse à la sainte

alliance du despotisme royal et de l'infaillibilité catholique, Bayle renouvela le scepticisme du XVIᵉ siècle,
mais cette fois dans un but évident d'agression et de
guerre, tandis què Jurieu, reprenant les idées républi-
caines de Knox, de Hotman, de Languet et de Milton,
en appelait du droit divin des rois à la souveraineté
naturelle des peuples. Mais ces voix partaient de
l'étranger ; c'étaient celles des proscrits, et même
Jurieu n'aurait pas été entendu en France sans la réfutation de Bossuet. Le pays toutefois, surtout dans les
hautes classes, était à bout de patience. Fénelon et
Saint-Simon commencent à murmurer, tout près du
trône, contre les usurpations du pouvoir royal. Bou-
lainvilliers, comme Jurieu, oppose la France de l'histoire à celle de Colbert, de Louvois et de Louis XIV.
Vauban et surtout Boisguilbert font entendre le cri des
souffrances de la nation ; et malgré ses adorations
pour les *dieux* et les *demi-dieux*, on sent parfois dans
La Bruyère un autre esprit que celui du siècle qui finit
au milieu des désastres et des humiliations. Si vous
vous tournez d'un autre côté, quel secours pour le
pyrrhonisme de Bayle que les disputes innombrables
et sans fin qui surgissent au sein de l'Église triomphante ! Ce n'était pas assez de ce demi-schisme que
l'orgueil de Louis, approuvé par la docile complicité
de son clergé, avait fait éclater entre la France et
Rome. Partout des difficultés dogmatiques et d'inter-
minables controverses, jusque sur les objets les plus
indifférents. Les cérémonies chinoises, la pureté du
culte de Zoroastre, le travail ou la fainéantise dans les
communautés religieuses, voilà quelles graves ques-

tions on débattai, avec autant de fureur et d'acharne-
ment que si les principes mêmes du christianisme
eussent été en cause. De là une inquisition jalouse sur
la pensée. Bossuet consume les vingt dernières années
de son existence dans le rôle ingrat de grand justicier
de la théologie. Il fait condamner bruyamment Fénelon, un archevêque, une des lumières de l'Église de
France, pour des pauvretés mystiques sans danger, à
la grande joie des hérétiques, des libertins et des
rieurs. Il poursuit et tourmente Ellies Dupin, qui osait
voir et dire qu'il y a de graves différences entre les
Pères grecs et les Pères latins. Il fait mettre au pilon,
malgré l'approbation des docteurs et le privilège royal,
l'*Histoire critique de l'Ancien Testament* par Richard
Simon, et il a le crève-cœur de ne pouvoir exercer le
même ravage sur l'*Histoire critique des Évangiles*. Il
aperçoit partout ce qu'il appelle des Sociniens, et les
querelles que suscite sa foi inquisitoriale ne sont pas ce
qui contribue le moins à multiplier le nombre de ces
incrédules. Mais qu'aurait-il dit de l'intrusion du pouvoir royal dans les choses de la conscience, lui qui
l'avait provoquée si hautement et glorifiée en termes si
pompeux, s'il eût assez vécu pour se voir condamner
indirectement lui-même par la *Bulle Unigenitus?* La
liberté des esprits renaissait par le fait même de ceux
qui l'avaient étouffée et qui ne pouvaient plus s'entendre. Le Parlement de Paris, sortant de son mutisme
et de sa servilité, refusait d'enregistrer la *Constitution*,
et l'on allait voir le vieux roi, pour des questions où il
n'entendait rien, finir sa carrière de despote, comme il
l'avait commencée, par un coup d'État sur la première

des cours souveraines, non plus au profit de l'autorité royale, mais pour l'assujétissement absolu de ses sujets à la cour de Rome et aux Jésuites, en contradiction avec ces libertés gallicanes dont il avait fait tant de bruit en 1682. Sa mort nous a privés de ce chef-d'œuvre de l'imbécillité despotique.

Quoi qu'il en soit, voilà les trois périodes de notre histoire morale, dont j'entreprends d'esquisser le tableau, sans autre engouement que l'amour de la vérité et de ses sœurs, la liberté et la justice, sans autre prévention que l'horreur du mensonge et de ses compagnes ordinaires, l'iniquité et la tyrannie.

Mais il faut jeter les regards un peu en arrière pour bien saisir le tableau complexe que je me propose de dérouler.

La Réforme et la Renaissance avaient profondément ébranlé l'ordre des choses établies et les principes convenus, soit dans le domaine moral, soit dans le domaine politique. A l'aspect des vertus antiques si éloquemment retracées par les historiens de la Grèce et de Rome, à la lecture des traités philosophiques de Cicéron, de Sénèque et de Plutarque, l'esprit humain s'était réveillé comme d'un mauvais rêve. Ce que Sainte-Beuve appelle le paganisme, ce que Michelet nomme plus exactement la nature, avait reparu après le long oubli scolastique ou mystique du moyen âge, et reprenait place à la lumière en face de la Grâce. « Saint Socrate, priez pour nous », pouvait être la devise de la plupart des esprits touchés du souffle de la Renaissance. Ce n'était pas seulement

la scolastique qui s'évanouissait ; c'était encore le
christianisme, réduit à tort ou à raison dans l'ordre
moral à la doctrine de la Grâce, qui retrouvait devant
lui sa vieille ennemie, la Nature, aussi vivace et aussi
menaçante que jamais, après l'avoir tenue si longtemps
à terre, mortifiée et sanglante. L'*homme* tendait à
à sortir de dessous le *chrétien* qui l'opprimait. La
Réforme, avec son impitoyable dogme du *serf-arbitre*
et de la *justification gratuite*, semble être au premier
abord un mouvement dans le sens inverse. Comment
trouva-t-elle donc tant de faveur auprès des savants
et des lettrés? C'est qu'elle était elle-même un retour
vers l'antiquité et que, simplifiant le dogme comme
le culte, elle ouvrait sans le vouloir une large porte
à cette nature qu'elle méprisait et maudissait. Les
idées et les sentiments purement humains recommen-
cèrent, en dépit du dogmatisme surnaturel de Luther
et de Calvin, à germer et à fleurir, n'étant plus étouffés
par la multiplicité et l'excroissance parasites des
croyances ni des pratiques ; et les réformateurs, en
faisant de la conscience de chaque fidèle le juge de la
Bible en dernier ressort, en appelaient à la raison,
quand ils croyaient n'en appeler qu'à la tradition. Ils
inscrivaient sur leur drapeau *de servo arbitrio*, et le
diable ou je ne sais quelle force mystérieuse y mettait
à la place : Liberté ! On vit même le dur et intolérant
Calvin réclamer fortement avant L'Hôpital les droits
sacrés de la conscience ; et les protestants de France
ne cessèrent de revendiquer pour eux comme pour
les catholiques ces droits conformes à la nature, à la
raison et à l'Évangile. Zwingle allait beaucoup plus

loin. Esprit peu conséquent peut-être, mais cœur ma-
gnanime, il fit profession d'une tolérance universelle,
qui s'accorde assez mal avec les principes du christianisme, mais qui est l'expression même de la raison
et de l'humanité. Les vertus des païens ne lui parais-
saient pas moins agréables devant Dieu, ni moins
dignes des récompenses éternelles que celles des chrétiens. D'un autre côté, Luther, au lieu de mettre
l'État dans l'Église, mit l'Église dans l'État, et re-
connut le pouvoir du magistrat sur les ministres du
culte pour tout ce qui ne touche point à la croyance.
Le calvinisme, plus radical, en introduisant la démo-
cratie dans l'Église, fut amené par la logique et par
la force des circonstances à tenter de l'introduire
dans l'État. Knox et Buchanan en Angleterre, Hotman
et Languet en France proclamèrent le dogme de la
souveraineté du peuple ou de la volonté nationale,
tandis qu'une sorte de républicanisme classique se
développait dans l'esprit de beaucoup de lettrés restés
catholiques, comme le témoigne le traité de la *Servitude volontaire*. Les ligueurs prirent à leur tour
les principes des Calvinistes, mais en les mêlant avec
des maximes de sang et avec l'utopie ultramontaine
de la suprématie universelle de Rome sur les empires.
Mais, quand même de telles idées n'eussent pas été
prématurées, quand même elles auraient eu dans les
esprits de plus profondes racines qu'elles n'en jetèrent
effectivement, les novateurs du XVI<sup>e</sup> siècle deman-
daient trop à la fois, et ces aspirations à la liberté en
toutes choses aboutirent, en France, au triomphe le
plus complet de l'autorité.

Cela était-il nécessaire? Je laisse cette question à ceux qui jugent si décisivement après coup de ce qui devait être ou n'être pas. Qu'il me suffise d'indiquer la pente naturelle des choses sans prétendre en pénétrer la nécessité. Si l'on songe à la révolution qui s'était opérée dans les croyances et au mouvement furieux qui avait agité la seconde moitié du XVI° siècle, on comprendra sans peine quelles étaient au sortir de cette mémorable époque la disposition générale des esprits, et les idées, les tendances politiques qui en résultaient. La Renaissance et la Réforme présentent l'image d'un chaos où mille éléments divers et contraires fermentaient confusément : chaos fécond, il est vrai, dans lequel la main du temps avait jeté tous les germes de l'avenir, mais chaos plein de tumulte et de ténèbres, où la société moderne semblait près de s'engloutir au milieu de crimes inouïs et d'innombrables souffrances. La confusion politique, comme l'anarchie intellectuelle, était au comble. L'Allemagne, les Pays-Bas et la France ressemblaient à un vaste champ de bataille où les idées, les intérêts, les passions individuelles ou populaires, le passé et l'avenir s'entrechoquaient dans une mêlée effroyable et sans relâche ; ou pour mieux dire, à part l'Italie et l'Espagne, qui, moins accessibles à la réforme, l'une par son scepticisme précoce et raffiné, l'autre par son fanatisme farouche, se débarrassèrent des novateurs, l'Espagne par l'Inquisition avec ses *actes-de-foi* au grand jour, l'Italie par le machiavélisme de tous ses principicules et de son clergé, qui faisaient disparaître dans l'ombre et sans bruit tout être pensant qui avait le malheur

d'avoir par lui-même une véritable foi, cet état violent
et désordonné était celui de toute l'Europe civilisée.
Que les hommes se soient lassés à la fin, qu'ils aient
demandé à se rasseoir et à respirer un moment, que la
fatigue et la crainte de rentrer dans un pareil tour-
billon d'horreurs et de misères les aient jetés dans
l'asile assez mal sûr, mais commode, du despotisme,
pour reprendre haleine et pour refaire leurs forces
épuisées, rien n'est plus naturel, et c'est ce qui arriva
en France. La monarchie, mise un moment en question, fut restaurée avec un pouvoir aussi grand que
jamais, et sans autre condition que la tolérance religieuse avec des places de sûreté pour les protestants.
Catholiques et calvinistes, ceux-là satisfaits de n'avoir
pas un hérétique pour roi, ceux-ci rassurés par l'Édit
de Nantes, se résignèrent à la paix ou à une lutte toute
morale de plume et d'opinion : solution modeste, mais
qui suffisait aux circonstances.

On eut la paix et la sécurité sous un roi ; c'était ce
qu'il y avait de plus urgent après les tempêtes qu'on
venait de traverser. Mais cette monarchie, il est inu-
tile de le dissimuler, n'offrait aucune garantie contre
ses propres entraînements. Elle était de fait absolue ;
quant au droit, il y avait longtemps que notre droit
public n'existait plus, si jamais il a existé : depuis
Louis XI, l'unique loi fondamentale du royaume, à
part la succession héréditaire par les mâles, était la
volonté du prince. Henri IV reprit la royauté au point
où l'avaient laissée Louis XI et François Ier, et c'est
une étrange illusion de voir en lui une manière de
roi constitutionnel. S'il assembla quelquefois les no-

tables, c'est qu'il avait besoin d'argent et qu'il ne savait où en prendre. Ceux qui pourraient se laisser tromper par la bonhomie gasconne de son discours à l'assemblée de Rouen seront désabusés, je m'assure, par cette verte semonce, adressée aux députés du Parlement de Bordeaux, lequel se refusait à l'enregistrement de l'Édit de Nantes : « Nous avons obtenu la paix désirée, Dieu merci ! laquelle nous a coûté trop cher pour la commettre en troubles. Je la veux continuer, et châtier exemplairement ceux qui voudraient y apporter l'altération. Je suis votre roi légitime, votre chef ; mon royaume en est le corps ; vous avez cet honneur d'en être les membres, d'obéir et d'y apporter la chair, le sang, les os et tout ce qui en dépend..... Il y a longtemps qu'étant seulement roi de Navarre, je connaissais dès lors bien avant votre maladie, mais je n'avais les remèdes en main. Maintenant je suis roi de France ; je la connais encore mieux, et ai les matières en main pour y remédier et faire repentir ceux qui s'opposeront à mes commandements. J'ai fait un Édit ; je veux qu'il soit gardé, et quoi que ce soit, je veux être obéi. Bien vous en prendra si vous le faites. » C'est là le langage d'un maître, et Louis XIV parlera avec plus de dignité peut-être, mais non d'une manière plus impérieuse. En réalité donc, le pouvoir n'était limité et tempéré que par le bon sens du monarque. Ce n'était qu'une partie de ce que désiraient les Dumoulin, les Loisel, les de Thou, les Pasquier, les Bodin, en un mot, les hommes éclairés de ce parti conservateur et libéral qui se rangea autour du Béarnais après l'assassinat de

2

Henri III, et qui le servit de ses talents comme de son influence. Tous tenaient pour la monarchie, pour un pouvoir fort et un, mais ils l'auraient voulu voir modéré par les États-Généraux, ou plutôt par les privilèges mal définis du Parlement, dont ils étaient membres. Mais, je le répète, on courut au plus pressé. Où, d'ailleurs, étaient parmi nous les éléments d'une constitution ? La noblesse française était moins que jamais une aristocratie dans le sens politique du mot ; elle pouvait faire encore des levées de boucliers pour satisfaire ses appétits ou sa turbulence ; elle n'avait ni principes ni intérêts communs qui fissent d'elle une classe propre au gouvernement. La bourgeoisie n'avait encore que des aspirations, que des peurs ou des rancunes, sans idées précises, sans volonté déterminée ; et la noblesse de robe, qui aurait dû naturellement être la tête de la bourgeoisie, ne songeait qu'à ses ambitions parlementaires, sans souci de la bourgeoisie d'où elle était sortie ni du peuple où la bourgeoisie avait ses racines. Le clergé enfin qui, par la plus monstrueuse des anomalies, formait le premier ordre de l'État, ne connaissait que ses privilèges et ses intérêts, séparés de ceux des autres ordres, comme de ceux de l'État. Ce n'est pas avec de pareils éléments, réunis dans une assemblée où l'on vote par ordre et non par tête, qu'on bâtit la liberté et qu'on élève des barrières contre les empiètements du pouvoir. On le vit bien dans les États de 1614. Que s'il restait encore quelques débris des vieilles franchises, le sentiment du droit national qui aurait pu les faire valoir manquait si absolument, qu'un secrétaire d'État pouvait oser pres-

ser l'Assemblée de se séparer au plus vite, non en
considération du bien public, mais par respect pour
Madame, sœur du Roi, laquelle « avait fait un superbe
ballet et ne le pouvait danser que dans la même salle
Bourbon, où le roi devait recevoir les cahiers. » Comment la royauté ne serait-elle pas devenue absolue,
sans autre règle que son bon plaisir?

Mais la transaction qui termina nos luttes civiles et
religieuses contenait un principe nouveau qui n'avait
pas été trop chèrement acheté, si on l'eût admis sincèrement et moins par force que par raison, le principe
de la liberté de conscience consacré par l'édit de
Henri IV. Les *politiques*, à la fois défenseurs des
libertés gallicanes et promoteurs de la liberté de
conscience, « joignaient ainsi », comme le leur re-
proche un de leurs adversaires, « la religion à l'État
et non l'État à la religion », ou pour mieux dire ils
faisaient triompher dans le gouvernement de l'État le
principe laïque sur le principe religieux, et par là
rompaient avec le moyen âge et inauguraient la politique des sociétés modernes.

C'était une grande conquête, mais dont quelques
sages seulement pressentaient tout le prix. La royauté
devait la respecter, tant qu'elle ne serait pas arrivée
à la folie par l'ivresse d'elle-même. Mais qui pouvait
assurer que cette ivresse ne sortirait pas de la toute
puissance? D'ailleurs, la liberté de conscience était
admise, non à titre de droit, mais comme tolérance
et concession. Elle n'était donc pas encore conçue
inviolable en elle-même, c'est-à-dire que le pouvoir
qui la détruirait croirait simplement rompre un traité

comme un autre traité, que la royauté pouvait subir
tant qu'elle s'y croirait forcée par les circonstances,
mais qui ne l'obligeait plus dès que ces nécessités
avaient cessé. Ce pacte n'était-il point contraire au
serment du sacre, qu'on pouvait considérer comme le
dernier reste des lois fondamentales du royaume, et
que Henri IV n'eut point le courage de changer? Il dut
jurer comme ses prédécesseurs non seulement de « défendre les saintes églises de Dieu et leurs pasteurs.....
justement et religieusement », mais encore « d'exterminer de bonne foi, selon son pouvoir, tous les hérétiques notés et condamnés par l'Église. » Les protestants s'émurent, mais ils furent rassurés par les bonnes
paroles de leur ancien compagnon d'armes et par
les explications de leurs chefs. Ils pouvaient en effet
ne point s'inquiéter pour le présent de ce serment
gothique; mais ne le devaient-ils point pour l'avenir,
lorsqu'ils n'auraient plus pour roi un prince qui avait
combattu dans leurs rangs et versé son sang pour leur
cause (1). Le clergé était là, toujours pressant, tou-

(1) Ils avaient l'exemple récent du roi Henri III, qui, dans
l'édit de Rouen (15 juillet 1588) avait dit : « Et premièrement,
nous jurons et relevons *le serment par nous fait en notre sacre*
de vivre et mourir en la religion catholique, apostolique et romaine, promouvoir l'avancement et conservation d'icelle, em-
ployer de bonne foi toutes nos forces et moyens, sans épargner
notre propre vie, pour extirper de notre royaume, pays et
terre de notre obéissance, tous schismes et hérésies condamnés par les saints conciles, et principalement par celui de
Trente, sans faire jamais aucune paix ou trève avec les hérétiques, ni aucun édit en leur faveur » (Anquez, *Histoire des
assemblées politiques des réformés de France*). Bossuet paraît

jours animé à la destruction des hérétiques *per fas et nefas ;* et d'un autre côté, les parlements se montraient pleins de mauvais vouloir contre un droit inconnu à leurs pères. On peut voir dans l'*Histoire des Assemblées politiques des Réformés de France* quelle opposition obstinée firent à l'édit de Henri IV ces cours judiciaires, où brillaient pourtant des hommes comme de Thou, comme Pasquier, et qui avaient donné à la France et à l'humanité le grand et sage L'Hôpital. Elles ne se désistèrent jamais de leur routinière intolérance, et l'on peut dire hardiment à leur charge qu'elles ne contribuèrent pas moins que le clergé à détruire de fait l'Édit de Nantes, avant que Louis XIV se décidât à le révoquer officiellement. Mais ces dangers pour les consciences et pour la liberté religieuse étaient encore éloignés. Les politiques et les sages étaient seuls écoutés dans les conseils d'un prince instruit par l'expérience.

Ils étaient aidés dans leur tâche non seulement par la fatigue universelle, mais encore par le scepticisme

moins expressif et moins dur dans l'interprétation du serment du sacre (*Politique sacrée*, l VII, art. v, prop. 18), mais cette proposition 18 devient une invitation pressante et un ordre d'exterminer les hérétiques par tous les moyens, lorsqu'on y ajoute les propositions 15, 16 et 17. Car « le roi sage dissipe les impies et courbe des voûtes sur eux. Il les enferme dans des cachots d'où personne ne peut les tirer; ou, comme d'autres traduisent sur l'original, il tourne des roues sur eux. Il les brise, il les met en poudre, en faisant rouler sur eux des chariots armés de fer, comme fit Gédéon à ceux de Saccoth et David aux enfants d'Ammon. » Voilà l'éducation de nos rois jusqu'en 1789.

qui comptait alors de nombreux adeptes et qui avait
touché plus ou moins la plupart des esprits cultivés,
du moins en matière religieuse. Ceci nous conduit à
un autre point de notre sujet, l'état des esprits au
commencement du XVIIᵉ siècle.

Le protestant La Noue, sincère et fervent chrétien,
s'écrie avec autant de vérité que de douleur : « C'est
folie de parler de restauration (religieuse) si la guerre
civile n'est achevée, d'autant qu'elle fait plus de brèche
en six mois aux pays, aux mœurs, aux lois et aux
hommes, qu'on n'en saurait réparer en six ans. Entre
autres fruits, elle a porté celui-ci, d'avoir engendré un
million d'épicuriens et libertins. » La Noue exagère sans
doute le nombre des incrédules ; mais il est constant
qu'il n'était pas petit, et que les guerres de religion
avaient eu beaucoup de part à ce résultat. Seulement,
la cause principale de l'incrédulité n'est point là où la
place l'écrivain protestant, dont la généreuse impru-
dence ne sent pas d'ailleurs ce qu'il y a de commun
entre sa cause et celle des libertins.

Le scepticisme venait principalement de l'éblouis-
sement même produit par les richesses de la pensée
antique, subitement révélées par la Renaissance. Toutes
les idées vraies ou fausses qui avaient successivement
paru depuis Homère jusqu'aux derniers écrivains de la
décadence grecque et latine, venant à s'abattre tout à
coup sur l'Europe, encore inculte et livrée au dogmatisme étroit du moyen âge, portèrent un ébranlement
profond dans les esprits. Assez raffinées par la dispute
pour tout entrevoir, mais trop peu fortes encore pour
tout comprendre, ces intelligences avides, et qui étaient

lasses d'étouffer dans la poudre ténébreuse des écoles,
se jetèrent sans choix sur toutes les nouveautés qui
s'offraient à elles, et s'enivrèrent, pour ainsi dire, de
cette mixture spirituelle, à longs traits et jusqu'à en
éprouver le vertige. Rabelais présente l'exemple le
plus étonnant de ce phénomène d'ailleurs presque général au XVI<sup>e</sup> siècle. Il a tant bu de ce vin mêlé des
connaissances antiques, que son génie semble emporté
par le délire des bacchantes. Dans son étrange amal-
game de fine raison et de démence grossière, il ne
connaît ni profane ni sacré et promène sur toutes
choses ses railleries, ses négations, ses paradoxes et
ses ordures. Plus rassis et moins fantastique, Montaigne
est peut-être encore plus vacillant dans ses opinions :
il se complaît avec délices dans cette savante incertitude qui laisse errer et vaguer ses pensées à travers
toutes les curiosités que lui présentent ses livres. Jaloux
de la liberté de son esprit, il professe le *nil admirari*
des anciens, ne s'étonner, ne s'éprendre de rien ; mais
il le professe à sa manière et trouve plus doux, plus
plaisant pour sa nonchalance, de s'éprendre tour à tour
de tout en passant que de se défendre vigoureusement
de toute surprise. C'est ce qui donne à son scepticisme
un air si charmant. Il passe et il vous fait passer en
se jouant à travers toutes sortes d'illusions pour arri-
ver à cette conclusion finale qui ne lui pèse guère et
qui est peut-être une illusion elle-même, que tout est
illusion. On peut s'enquérir curieusement de la religion
de Rabelais et de Montaigne ; je crois qu'ils n'en
avaient qu'une, le culte de l'antiquité et de l'érudition.
Ils s'inquiétaient assez peu, surtout Montaigne, qui

n'est point agressif contre le clergé comme Rabelais,
si leurs idées minaient ou non la foi établie. Que vou-
laient-ils? Avoir l'esprit libre et le cœur libre, afin de
ressembler autant que possible à ces âmes des temps
anciens, si pleines, si ouvertes, si universelles. Mais
cela ne pouvait aller sans une certaine indifférence
pour les formes politiques et les dogmes religieux qui
prétendent s'imposer aux âmes d'autorité. Il y avait
donc, au fond, schisme et divorce entre le christianisme
et ces esprits formés par la Renaissance.

C'est ce qui est plus sensible dans Charron, écrivain
du commencement du XVIIᵉ siècle, que dans son maître
Montaigne. L'auteur de la *Sagesse* n'a fait, dit-on (et
on ne lui rend pas justice en cela), que compiler les
*Essais*, sans rien ajouter à son devancier, si ce n'est
un peu d'ordre, de méthode et de pédantisme. Mais par
cela même qu'il affecte plus de régularité et de rigueur,
il met mieux en saillie les conséquences graves du
scepticisme si léger et si capricieux de son maître.
Lui aussi il regarde comme la principale et la meil-
leure disposition à la sagesse « une pleine, entière
et généreuse liberté d'esprit. » Il tient pour une folie
de « se laisser mener comme buffles, de recevoir toutes
les idées et de s'y opiniâtrer. » Il tient pour « une rage
et pour une injuste tyrannie de prétendre y amener
les autres. » Il faut donc suspendre son jugement, ou,
comme le dit Charron, « soutenir, contenir et arrêter
son esprit dans les barrières de la considération et de
l'examen sans s'obliger ni s'engager à aucune opinion. »
Il fait, il est vrai, une réserve pour les vérités divines
que la raison éternelle nous a révélées et que nous

devons « recevoir et adorer avec pleine soumission et
en toute humilité. » Même respect pour les lois et pour
les coutumes. Mais que valent ces restrictions? « En
toutes choses, il se faut accorder et accommoder avec
le commun, ne rien gâter ou remuer. » Mais cela est
pour le dehors; quant au dedans, « les pensées, opinions et jugements sont tous nôtres et libres. » Or le
vrai moyen d'acquérir cette belle liberté de jugement
et de s'y maintenir, c'est de « jeter sa vue et considération sur tout l'univers, d'être citoyen du monde
comme Socrate, et d'embrasser par affection le genre
humain. » Il y a autant de brutalité que de sottise à
« abominer et condamner promptement comme bar-
bares » les lois et coutumes des autres peuples, et à
tenir « les siennes et municipales pour les seules vraies,
naturelles et universelles. » On doit donc s'affranchir
de ces préjugés serviles, se présenter comme en un
tableau cette grande image de *notre mère nature* en
son entière majesté. » Cela va loin, comme nous
l'allons voir, et Charron, malgré sa qualité de prêtre,
a de singulières idées sur la religion.

Il s'étonne de la diversité effroyable des religions,
comme de leur rage à se damner les unes les autres, se
donnant chacune pour la seule vraie. Mais il insiste
surtout sur les titres qu'elles font valoir et qui sont
toujours et partout les mêmes. « Toutes ont cela, dit-il,
qu'elles sont étranges et horribles au sens commun. »
Toutes se fondent et s'appuient sur les « miracles,
prodiges, oracles, mystères, prophéties, fêtes, certains
articles de foi et créance nécessaires au salut. » Toutes
sont apportées et baillées, à les en croire, par révéla-

-tion extraordinaire et céleste, prises et reçues par
inspiration divine, tandis qu'elles sont « tenues par
mains et par moyens humains », et que « nous sommes
circoncis, baptisés, juifs, mahométans, chrétiens,
avant que nous sachions que nous sommes hommes. »
Toutes enfin croient et enseignent que « Dieu s'apaise,
se fléchit et gagne par prières, présents, vœux et pro-
messes, fêtes, encens », et surtout par les supplices
que l'on s'impose, comme si « Dieu prenait plaisir au
tourment et à la défaite de ses créatures. » Ajoutez
que, nées les unes des autres, la plus jeune ruine peu
à peu son aînée et « s'enrichit de ses dépouilles
comme la judaïque a fait à la gentile et à l'égyp-
tienne, la chrétienne à la judaïque, la musulmane à la
chrétienne et judaïque ensemble. »

Je ne sais pas ce que Bodin a pu dire de plus dans
son ouvrage manuscrit de l'*Heptaplomeros*, où il fait
l'examen et le procès de toutes les religions ; mais il
me semble que depuis le *De Divinatione* et le *De
natura Deorum* de Cicéron, jamais les objections
*à priori* ou les présomptions que la raison est en
droit d'opposer aux religions positives n'avaient été
exposées avec cette netteté et cette force, avec cette
décision et cette fermeté. On sent encore quelque incertitude dans la phrase de l'auteur de la *Sagesse*, à
cause de ses complications et de ses redoublements de
mots, imités mal à propos de Montaigne ; mais il n'y
en a point dans la pensée. L'aimable écrivain des
*Essais*, qui cache souvent une grande profondeur sous
ses grâces et sous ses fantaisies, n'a point cependant
de pages de la virilité de celles que je viens de ré-

sumer ; et il faudra attendre jusqu'à *la profession de foi du vicaire savoyard* pour trouver une telle hardiesse et des fins de non recevoir aussi catégoriques contre toute croyance révélée qui veut s'imposer. Que Charron fasse toutes les réserves qu'il voudra en faveur de la foi chrétienne, qu'il écrive même une apologie du christianisme dans son livre des *Trois Vérités,* où il s'attache à combattre les athées, les païens, les Juifs, les Mahométans, les hérétiques et les schismatiques : ses objections n'en tombent pas moins d'aplomb sur toute religion qui n'est point la religion naturelle, et je ne saurais croire qu'il ait en vue les Juifs ou les Musulmans, lorsqu'il parle de ces confréries qui renchérissent follement les unes sur les autres dans leurs manifestations. Ces nouveaux ordres qui s'instituaient et « se dressaient tous les jours avec des exercices plus pénibles et de profession plus étroite », il ne faut pas les chercher ailleurs qu'en France, tout à côté et sous les yeux de l'écrivain. La conclusion de Charron, plus nette encore s'il est possible, que ses prémisses, sent l'homme qui a été témoin des guerres de religion. Il faut la citer textuellement, parce qu'on peut la considérer comme le Testament des hommes de la Renaissance et comme la profession de foi de ceux qu'on appelait alors les honnêtes gens.

« Outre qu'une telle prud'homie (*celle qui est à la suite et au service de la religion*) n'est (point) vraie, n'agissant par le bon ressort de nature, mais accidentale et inégale, encore est-elle bien dangereuse, produisant quelquefois de très vilains et scandaleux effets, comme l'expérience l'a de tout temps fait sentir, sous beaux et spécieux prétextes de piété. Quelles exécrables méchancetés n'a produit le zèle de religion ? Mais se trouve-t-il autre sujet ou occasion au monde qui en ait pu produire de pareilles ?... N'aimer point, regarder de mauvais œil, comme un monstre, celui qui est d'autre opinion que la leur, penser être contaminé de parler ou hanter avec lui, c'est la plus douce et molle action de ces gens. Qui est homme de bien par scrupule et bride religieuse, gardez-vous-en et ne l'estimez guère. Ce n'est pas que la religion enseigne ou favorise aucunement le mal ; car la plus absurde et la plus fausse même ne le fait pas. Mais cela vient (de) ce que, n'ayant aucun goût, ni image ou conception de prud'homie qu'à la suite et pour le service de la religion, et pensant qu'être homme de bien n'est autre chose qu'être soigneux d'avancer et faire valoir sa religion, (ils) croient que toute chose, quelle qu'elle soit, trahison, perfidie, sédition, rébellion et toute offense à quiconque soit, est non seulement loisible et permise, colorée de zèle et de soin de religion, mais encore louable, méritoire et canonisable, si elle sert au progrès et advancement de la religion et reculement de ses adversaires..... Je veux que sans paradis et enfer on soit homme de bien. Ces mots me sont horribles et abominables : « Si je n'étais chrétien, si je ne craignais Dieu et d'être damné, je ferais ou ne ferais cela. » O chétif et misérable, quel gré te faut-il savoir de tout ce que tu fais ? Tu n'es méchant, car tu n'oses et crains d'être battu. Mais je veux que tu oses et que tu ne veuilles, quand bien serais assuré de n'en être jamais tancé. Tu fais l'homme de bien, afin que l'on te paie

et l'on te dise grand'merci! Je veux que tu le sois
quand l'on n'en devrait jamais rien savoir..... Je veux
que tu sois homme de bien, parce que la nature et la
raison (c'est Dieu), la vérité, l'ordre et la police du
monde, dont tu es une pièce, te le requiert ainsi, pour
ce que tu ne peux consentir d'être autre, que tu n'ailles
contre toi-même, ton être, ton bien, ta fin ; — et puis,
advienne ce qu'il pourra. Je veux aussi la religion, —
non qui fasse, cause ou engendre la prud'homie, jà
née en toi-même et avec toi, plantée de nature, —
mais qui l'approuve, l'autorise et la couronne..... Ce
serait plutôt la prud'homie qui devrait causer et en-
gendrer la religion, — car elle est première, plus
ancienne et naturelle ; — laquelle nous enseigne qu'il
faut rendre à chacun ce qui lui appartient, gardant à
chacun son rang..... Ceux-là donc pervertissent tout
ordre, qui font suivre et servir la probité à la religion. »

Voilà le point d'où le XVIIᵉ siècle est parti ; et lorsqu'on pense à celui où il est arrivé, je veux dire à la
révocation de l'Édit de Nantes et à la Bulle *Unigenitus*,
on est prêt à se demander, malgré la splendeur littéraire du siècle de Louis XIV, si quelque génie malfai-
sant n'a point changé les destinées morales de notre
pays.

Si j'ai insisté quelque peu sur l'auteur de la *Sagesse*,
ce n'est pas pour son mérite personnel ; il n'est en
somme qu'un médiocre écrivain ; mais je vois en lui
tous les libres penseurs du commencement du XVIIᵉ
siècle. Le Père Garasse n'avait pas tellement tort, à ce
qu'il semble, d'attaquer Charron comme le *coryphée*

*des libertins et des athéistes* de son temps. Athée,
Charron ne l'est point; mais en revanche, il n'est
guère chrétien; et l'on comprend que son ouvrage,
fort lu et fort goûté jusqu'au milieu du siècle, ait gran-
dement servi à l'incrédulité. Garasse, comme La Noue
avant lui, comme Mersenne ensuite, exagère le mal en
amplifiant le nombre des libres penseurs (cent mille
dans Paris seulement); il prend pour des athées déter-
minés beaucoup d'écrivains et d'érudits qui n'étaient
qu'indifférents ou qui faisaient gloire d'être *déniaisés;*
mais le nombre des esprits forts était assez considé-
rable, et je ne sais s'il n'était pas plus grand de 1610 à
1660, que lorsque Voltaire débuta. Ce n'était pas seulement des poètes comme Théophile, Des Yveteaux,
Saint-Pavin, Desbarreaux ou Scarron ; c'était presque
toute la gent des érudits et des lettrés, qui n'avaient
qu'une foi très tiède, s'ils croyaient encore à quelque
chose, et dont l'esprit était toujours disposé aux plai-
santeries sceptiques ou rabelaisiennes contre le clergé,
contre la cour de Rome, contre les ordres religieux,
contre les pratiques dévotes ou même contre la religion
en général. Les poètes, qui se riaient volontiers des
choses saintes et prêchaient, comme Regnier, le culte
de *la bonne nature*, étaient plus en vue ; commensaux
des grands seigneurs, des Montmorency ou des Condé,
à qui leur esprit plaisait, ils faisaient sans le vouloir
une sorte de concurrence aux Jésuites : ce qui explique
les fureurs de Garasse contre Théophile, qu'il eut le
chagrin de ne pouvoir faire brûler. C'est par eux que
les honnêtes gens tels que les connut Pascal, ou les
libertins, tels que Bossuet les dépeint dans l'oraison

funèbre de la Princesse palatine, se multiplièrent dans le grand monde (1). Mais les hommes d'étude, médecins ou simples érudits, qui continuaient les errements de la Renaissance, étaient les plus fermes soutiens du scepticisme. Nous les retrouverons en parlant rapidement de Guy-Patin, de G. Naudé, de Lamothe-Le Vayer.

Cette indifférence morale et religieuse pouvait être un mal en elle-même, surtout parce qu'elle n'avait point d'objet et que le scepticisme d'alors était plutôt un amusement ou un libertinage d'esprit, qu'une arme contre l'erreur et l'oppression dogmatiques. Mais ce n'était point à La Noue ni aux autres protestants à s'en plaindre, parce qu'elle faisait leur rempart, et cela de deux manières, en droit et en fait. En droit; — car la Renaissance, d'où ce scepticisme était sorti, pouvait seule, en développant la liberté de la pensée, amener à la conception de la liberté de conscience, comme droit inviolable attaché à la nature humaine. Le dogmatisme religieux, aussi bien celui des réformés que celui des catholiques, n'y eût jamais conduit. Il implique que le surnaturel n'ait point la prétention de s'imposer de gré ou de force, et par conséquent qu'il admette la liberté intérieure et religieuse pleinement, sincèrement et pour tout le monde. Or, la Renaissance

(1) Ce n'est point le seul témoignage que fournissent les Oraisons funèbres. La protestation de Condé mourant, qu'il n'avait jamais douté des principes du christianisme, montre qu'il en était véhémentement soupçonné. « Belle âme devant Dieu, s'il y croyait », dit le malicieux Guy-Patin. C'est que l'entourage de Condé n'était guère propre à édifier sur sa foi, comme le prouve plus d'un passage des Mémoires de Retz.

qui ranimait les sentiments et les principes purement humains, était le meilleur auxiliaire de la Réforme, en tant que celle-ci représentait la liberté et le droit naturel ; et le scepticisme dont se plaignait La Noue était surtout le produit de la Renaissance. — En fait ; — car l'indifférence morale et religieuse, née de ce scepticisme, était assez générale pour agir sur l'opinion des hautes classes, et pour contenir par là les protestants et les catholiques, toujours prêts à en venir de nouveau aux mains. Il eût suffi pour déchaîner les passions religieuses, encore vivantes et toutes frémissantes, qu'un homme d'État leur eût lâché la bride en ayant l'air de les favoriser. Mais il ne pouvait tomber dans la tête d'un politique, fût-il cardinal, de recommencer l'intolérance et les persécutions, précisément parce qu'il ne pouvait pas plus ignorer l'opinion de la plupart des gens éclairés, qu'oublier la funeste et triste expérience qu'on venait de faire. C'est en ce sens que j'admets le mot de Grotius : « *De hæreticorum pœnis quæ scripsi, in iis mecum sentit Gallia et Germania, ut puto, omnis;* ce que j'ai écrit au sujet de la punition des hérétiques, la France et l'Allemagne, je crois, tout entières le pensent avec moi » : mot dont la fausseté serait manifeste, si on l'appliquait, soit au peuple qui conservait toute son ignorance et tout son fanatisme, soit aux docteurs des deux cultes, chez qui la rage d'avoir raison quand même était implacable. Richelieu se contenta d'ôter aux huguenots leurs places de sûreté qui faisaient d'eux un État dans l'État ; mais jamais il ne pensa à violer leurs droits de citoyens ni à les convertir par la violence. Mazarin tint la même conduite.

A ceux qui le poussaient contre les réformés et qui usaient de leur influence sur la superstitieuse Anne d'Autriche pour lui arracher des actes aussi impolitiques que dépourvus de justice, il répondait avec sa parfaite indifférence italienne : « Le petit troupeau broute de mauvaises herbes, mais il est obéissant et tranquille. » Que si le scepticisme qui servait alors de barrière entre les passions religieuses eût gardé sous Louis XIV la force d'opinion qu'il avait au commencement du siècle, on peut croire que ce prince n'eût jamais été tenté de prendre la plus funeste mesure qu'une dévotion mal éclairée pût inspirer à un roi, à un chef d'État. Car un homme politique consent assez volontiers à passer pour un coquin ; mais il consent difficilement à passer pour un sot. Le crime a quelquefois les apparences de l'habileté et de la grandeur ; la sottise n'est que la sottise.

Mais le scepticisme que le XVII° siècle héritait du XVI° était trop superficiel et venait de causes trop passagères, pour tenir longtemps contre le double dogmatisme des catholiques et des protestants. Si celui des catholiques venait à se fortifier par la science et à ressaisir la supériorité intellectuelle, il était à craindre qu'il n'entraînât tout, en regagnant l'opinion publique.

Il nous reste à indiquer la position des deux partis en présence. Faible en nombre, la Réforme était forte par l'activité et par la connaissance plus approfondie des livres saints et des antiquités chrétiennes. Elle conservait toutes les ardeurs et toutes les impétuosités de la jeunesse et ne cessait de se montrer agressive.

3

Elle attaquait tant les cérémonies et les dogmes catholiques, comme entachés d'erreur et d'idolâtrie, que les superstitions populaires et les mœurs du clergé comme contraires à la sévère simplicité du christianisme. Les livres qu'elle produisait étaient redoutables et restaient presque toujours sans réplique. Il ne faut pas trop s'émouvoir ou se prévaloir de la défaite de Duplessis-Mornai dans son duel théologique de Fontainebleau contre Duperron. Outre que ce pape des huguenots, comme on l'appelait, n'était pas un docteur de profession, l'impartialité des juges, présidés par Henri IV lui-même, n'est rien moins qu'assurée. Qu'importe d'ailleurs? Dumoulin, Casaubon, Saumaise, Blondel et Daillé ne trouvaient point d'antagonistes capables de leur répondre, et cela jusqu'à la forte école de Port-Royal. Le livre de Dumoulin sur *la vocation des pasteurs* étonnait jusqu'aux catholiques (1), et, plus de soixante ans après sa publication, Fénelon ne le jugeait pas indigne d'une réfutation en forme. Celui de Saumaise, au sujet *de la primauté du pape*, était déjà remarquable par la critique des traditions qui font venir l'apôtre Pierre à Rome, et qui transportent au premier siècle de l'Église une suprématie qui ne commença qu'assez tard. Bien des preuves y manquent encore, mais celles qui y sont paraissent

---

(1) Racan n'exprimait pas seulement son impression personnelle lorsqu'il écrivait :

> Bien que Dumoulin dans son livre
> Semble n'avoir rien ignoré,
> Le meilleur est toujours de suivre
> Le prône de notre curé.

plus que suffisantes. C'était un de ces livres, comme l'avouait un évêque à Guy-Patin, auxquels on se garde bien de répondre, parce qu'on ne le peut pas. Casaubon, Blondel, fouillèrent d'autres points des antiquités chrétiennes. Mais aucun travail ne me paraît comparable pour la portée à celui de Jean Daillé, sur l'*emploi des Saints-Pères*. On pourrait croire que Daillé, Blondel, Caméron, Aubertin, Amyrant, Casaubon et Saumaise, parce qu'ils abandonnent les doctrines farouches du calvinisme primitif, relativement à la grâce et qu'ils se montrent moins violents et moins acerbes dans leur langage que les disciples immédiats de Calvin, tendent à se rapprocher des catholiques. Ce serait une grave erreur ; ils s'en séparent toujours davantage parce qu'ils se dégagent de plus en plus de la tradition pour s'attacher uniquement et sans intermédiaire à ce qu'ils appellent la parole de Dieu. Au commencement, les réformés, même calvinistes, accordaient encore une grande autorité aux Pères en matière de dogme, et cela pouvait les embarrasser quelquefois dans leurs discussions avec les catholiques. A partir du livre de Daillé, ils ne reconnaissent plus absolument d'autre autorité que celle des Évangiles, des autres écrits apostoliques et des livres vraiment canoniques de l'Ancien Testament. C'est en cela que consiste l'importance de ce livre, qui fit autorité chez les protestants de France et avec juste raison. Je le considère comme le manifeste le plus expressif de la Réforme au commencement du XVII° siècle. On peut, en effet, soutenir avec plus d'éloquence, mais non avec plus de logique et de solidité que Daillé, les deux thèses prin-

cipales qui composent son ouvrage : 1° qu'il est très
difficile, pour ne pas dire impossible, de savoir quel a
été le sentiment des Pères sur les questions qui divisent
les réformés et les catholiques ; 2° que ce sentiment,
n'étant pas infaillible, n'a point une autorité suffisante
pour satisfaire la raison en matière de foi. Le petit
nombre des écrits des Pères, surtout dans les trois
premiers siècles, le peu d'authenticité de la plupart
de ces écrits, les altérations et interpolations nom-
breuses de ceux qui sont certainement authentiques,
les figures et les artifices de langage, les subtilités et
souplesses de dialectique qui les défigurent, la diffi-
culté de déterminer le sens précis et exact des termes
qui y sont employés, l'habitude trop fréquente des
Pères de parler par économie, c'est-à-dire en s'accom-
modant et aux besoins du moment et aux auditeurs,
la versatilité d'opinion : voilà quelques-unes des raisons par lesquelles s'infirme l'autorité de ces docteurs,
si irréfragable aux yeux des catholiques. Et d'ailleurs,
tel Père dont le sentiment est clair et n'a jamais varié,
parle t-il de lui-même ou selon la croyance de l'Église
de son siècle, selon la croyance de l'Église universelle
ou selon celle d'une Église particulière ? Et par quels
moyens assurés peut-on déterminer les sentiments de
toute l'Église d'un siècle ? En outre, les Pères ne se
donnent point pour infaillibles, et de fait ils se sont
abusés en plusieurs points importants; ils se sont fortement contredits les uns les autres ; et enfin ni les
catholiques ni les protestants ne les reconnaissent
absolument pour juges. Ceux-ci rejettent librement
leurs opinions là où les Pères vont contre l'Écriture

ou au delà ; et l'Église romaine se sépare d'eux là où ils choquent les opinions de ses pontifes ou de ses conciles. Le plus grand usage et le seul légitime qu'on puisse faire des Pères, c'est « d'argumenter de ce que nous y trouvons négativement, plutôt qu'affirmativement », de telle sorte qu'on tienne « pour suspects les articles de foi qui ne paraissent pas chez eux » ; car il n'est pas croyable qu'ils aient ignoré ou omis ce qu'il y a dans la foi d'essentiel et de nécessaire, tandis que, d'un autre côté, leurs affirmations n'ont rien d'infaillible et n'emportent point d'abord la vérité de ce qu'ils avancent, parce qu'ils « sont hommes, quoique saints. » Ce n'était point là des idées tout à fait nouvelles dans la Réforme de France : on peut en rencontrer les premiers germes jusque dans les écrits de Calvin, dont le dédain pour les Pères scandalise si violemment Bossuet. Mais jamais elles n'avaient été exposées avec cette suite et cet ensemble, sans compter les preuves secondaires par lesquelles Daillé appuie chacune des raisons qui établissent sa double thèse. La Réforme prenait par là une position inexpugnable : séparez la tradition du témoignage constant et suivi des Pères, elle devient quelque chose de purement abstrait et de tout mystique, une ombre sans substance et sans corps.

Mais, puissants par la controverse et montrant déjà un sens historique et critique fort développé pour l'époque, nos calvinistes ont une infériorité marquée dans la prédication ; non que Dumoulin, que Lefaucheur et Monstezat soient moins solides que leurs adversaires ; au contraire, ils le sont, en général, beaucoup plus. Mais ils ont oublié que l'art de la persuasion ne consiste pas seulement dans celui d'argumenter. L'attrait leur manque complètement. Ils ont souvent du feu, mais c'est un feu sombre, sans flamme et sans éclair. « Bossuet disait de Calvin : son style est triste ; il aurait pu le dire de la plupart des prédicateurs réformés, écrit M. Vinet. Mais Calvin est en même temps éloquent, et ils ne le sont pas toujours », ou plutôt ils ne le sont presque jamais. Il semble qu'il ait suffi à leur troupeau, comme aux minorités opprimées et sans espoir, qu'on lui montrât qu'il avait raison. C'était peut-être un moyen de l'entretenir dans sa foi obstinée ; ce n'était pas le moyen de le multiplier et de faire des conquêtes. Le protestantisme s'arrêta tout à coup dans sa crue, comme un arbre vigoureux, mais noué.

C'est le contraire de l'Église catholique. Elle se montre d'abord assez faible dans la discussion. On a singulièrement surfait le triomphe du cardinal Duperron sur Duplessis-Mornai ; et sans dire avec le malin Guy-Patin, d'après Saumaise, qu'il y a dans son livre plus de 5,000 faussetés, il faut avouer qu'il ne témoigne pas d'une connaissance bien approfondie ni d'un sens exact des antiquités chrétiennes. Mais avec beaucoup d'*ithos et de pathos* ridicules, les prédicateurs catholiques s'efforcent de parler à l'imagination et à la passion, ces deux maîtresses pièces de la croyance et de la volonté. Un seul a laissé un nom, moins par ses sermons fort goûtés dans le temps que par ses livres de dévotion et de spiritualité, c'est François de Sales, esprit très fin et très impérieux sous ses grâces efféminées et presque enfantines. Quoiqu'il répète à chaque propos : « Allez simplement, rondement, franchement » avec la naïveté des enfants et qu'il ait l'air de se donner pour un bonhomme, il y a bien de la finesse italienne dans ces soi-disant *enfances*. Je ne suis que médiocrement séduit par cette théologie toute fleurie, toute odorante, toute enmiellée, toute sucrée ; je n'aime pas beaucoup tous « ces petits bouquets de dévotion. » Mais je comprends le pouvoir de François de Sales sur certaines âmes. L'*Introduction à la vie dévote* surpassa, dit-on, l'attente de Henri IV, qui avait demandé à l'illustre évêque un ouvrage qui « servît de méthode à toutes les personnes de la cour et du grand monde, sans en excepter les princes et les rois, pour vivre chrétiennement chacun dans son état. » Ce livre me paraît pourtant peu fait pour des esprits virils ; mais il était parfaitement à l'adresse des femmes, qu'il subjuguait tout doucement en les caressant, et l'on peut croire qu'il rendit au catholicisme bien des dames du grand monde. Les *lettres spirituelles* de saint François de Sales et son traité de l'*amour de Dieu*, avec leur mélange de molle tendresse et de sévérité souriante qui n'exclut pas les coups de discipline, faisaient le même effet sur les religieuses. Tous ces ouvrages se ressemblent par un trait commun ; ils traitent les âmes comme des enfants qui ont besoin d'être conduits en tout et toujours. La volonté est de trop dans les chrétiens à la façon de François de Sales. Il était par là, avec son charmant naturel ou plutôt avec ses grâces naïvement maniérées, un des meilleurs auxiliaires des Jésuites, qui commençaient à faire de grands progrès

dans la société française. Aussi en fut-il toujours es-
timé autant qu'il les estimait, et ils remirent *son
Introduction* en bon français dans la seconde moitié
du siècle. Ce livre leur convenait. Le catholicisme reprenait donc l'empire, au moins sur une partie de la
société, et non sur la moins influente, en attendant
que des théologiens ou des prédicateurs d'une doctrine
plus profonde et plus mâle vinssent s'emparer des
hommes. Les anciens ordres religieux se réformaient;
Pierre de Bérulle fondait l'Oratoire, et déjà Jansénius
et Saint-Cyran méditaient leur réforme de la théologie.
De toutes parts, le catholicisme, tout en regagnant du
terrain dans le monde, se recueillait pour un grand
effort contre ces protestants qui le harcelaient sans
cesse et dont il n'accepta jamais l'existence légale. La
royauté demeurerait-elle impartiale? Non, l'on pouvait
malheureusement prévoir de quel côté elle pencherait
et se laisserait entraîner.

Quelle fut, en effet, la conduite de Henri IV dans la
conférence de Fontainebleau? La veille de la conférence, il ne dormit pas et M. Loménie lui dit : « Il faut
bien que Votre Majesté ait cette affaire extrêmement à
cœur. La veille de Coutras, d'Arques et d'Ivry, de trois
batailles où il nous allait du tout, Votre Majesté ne se
donnait pas tant de peine. » Le roi en convint. Après
la conférence, il voulut souper dans la salle où elle
s'était tenue, et se tournant vers du Perron : « Disons
vérité, lui dit-il, bon droit a eu bon besoin d'aide. » Puis
il écrivit aussitôt à d'Épernon la grande nouvelle et
laissa échapper ces mots : « Ce porteur y était, qui
vous contera comme *j'y ai fait merveille.* » On aime

à voir l'homme d'État ajouter : « Suivant ces erres, nous ramènerons plus de séparés de l'Eglise en un an que par une autre voie en cinquante. » Mais d'où vient ce beau zèle à ce calviniste d'hier? Peut-on supposer une grande ardeur de néophyte dans celui qui fit si lestement le saut périlleux, parce que Paris vaut bien une messe? Etait-ce l'effet de ce plaisir qu'éprouvent les apostats à abaisser ce qu'ils ont renié? Henri voulait-il donner des gages aux catholiques dont il redoutait les prédications et les poignards? On peut croire que ces deux dernières causes influèrent sur sa conduite. Mais la principale fut sans doute cet instinct du despotisme se portant naturellement du côté qui le favorise le plus.

Cette partialité était grave. Henri IV avait trop d'expérience et de sens politique pour que cette préférence devint jamais dangereuse. Mais devait-on attendre la même sagesse de ses successeurs? Et ne pouvait-il pas leur venir à la fantaisie de décider par un coup d'autorité une victoire qui, si elle était possible, ne devait être due qu'au temps et à la persuasion? Que l'autorité religieuse se rétablisse moralement, tandis que l'autorité politique ira toujours s'affermissant; qu'elles viennent l'une et l'autre à se donner la main; et il est presque fatal que la seule liberté, conquise au XVI<sup>e</sup> siècle par tant de sang et d'héroïsme, périsse étouffée dans leur embrassement.

Caen. — Imp. Henri DELESQUES, rue Froide, 2 et 4.

www.ingramcontent.com/pod-product-compliance
Lightning Source LLC
Chambersburg PA
CBHW071254210626
46818CB00013B/1438